새들은 날기 위해 울음마저 버린다

**새들은 날기 위해 울음마저 버린다**

초판 1쇄 발행 | 2021년 7월 19일
초판 4쇄 발행 | 2022년 10월 14일

지은이 | 김용만
펴낸이 | 황규관

펴낸곳 | (주)삶창
출판등록 | 2010년 11월 30일 제2010-000168호
주소 | 04149 서울시 마포구 대흥로 84-6, 302호
전화 | 02-848-3097
팩스 | 02-848-3094

# 새들은 날기 위해 울음마저 버린다

김
용
만

시
집

삶창

텃논 모가 뿌리를 잘 내렸다.
저 가지런한 가난이
내가 꿈꾸는 시다.

# 차례

# 1
## 부

# 호박고지 마르는 동안

초가실 맑은 햇살 마당에 가득하다

저 햇살 몇 삽 담아
요양병원 어머니에게 가야겠다

병실 가득 눈부시게 깔아놓고
참깨 털고
고추 널고
호박 곱게 썰어 하얗게 널어야겠다

귀가 어두운 어머니와 바위에 앉아
해 지는 강물을 오래 바라봐야겠다

꼬들꼬들 호박고지 마르는 동안

## 고라니

밤 열차로 온다는
딸 마중 나가다
위봉산 만딩이에서
고라니를 쳤다
서행으로 달리다
급브레이크를 밟았지만
아, 하는 사이
쿵, 하고 말았다
돌아보니 길가에
서 있다
다행이다
아마 많이 아팠을 것이다

아휴, 큰일 날 뻔했네
했을 것이다

## 두꺼비

우리 집 두꺼비가 죽었다
아무리 느려도
도로 건널 때는
좀 서둘러라
신신당부했는데
아이고 속 터져
차에 치여 죽었다
오늘 인간인 내가
종일 미웠다
나는 아니라고들 하지 말라

## 지들 봄이나 잘 챙기지

산중의 봄은 빗소리로 온다
산 넘어 자박자박 온다

위봉산성 내리막길
불빛 따라 언뜻언뜻 뛰던
개구리, 두꺼비는
찻길 무사히 건넜을까

나는 돌아와 누웠는데
길 건너다 깔린
저 작은 목숨들
새벽에야 생각나네

인간들은 왜 자꾸 남의 봄을 빼앗나
지들 봄이나 잘 챙기지

## 또

마을 할머니가 돌아가셨다
몇 안 되는
사람들이 모여
동네 울력하듯
뒷산 양지쪽에
다둑다둑 묻었다

흙 묻은 연장
털어 메고
산길 내려와
서로 헤어졌다

할머니 산에 눕고
나는 집에 와 누웠다

고샅길 하나
또, 지워지겠다

## 꽃산 아래

겨울 동안 쉬었던 뒤란 밭을
연일 파고 밭 가상을 정리했다
삽이 쑥쑥 빠진다
땅을 뒤집을 때마다
보슬거리는 흙냄새가 좋다
사 년간 돌도 엔간히 주워냈다
이제 잔돌은 가라앉고
흙은 솟아 밭이 자리를 잡았다
잔돌과 필요 없는 검불들이
가지런히 쓸린 고른 땅
우리가 결국 꿈꾸는 혁명 아니겠는가
여기에 무엇을 더 얹겠는가
감출 것 하나 없는
꽃산 아래

## 메리 크리스마스

우리 마을엔
십자가도 없고
마트도 없고
치킨집도 없어요
그래도 달은 밝고
높은 산과 나무들은 많아요
밤마다
별은 하늘 가득 빛나요
눈도 많이 와요
그래요
사람들이라고
다 가질 수는 없잖아요

만나는 사람 없어
산 보고
메리 크리스마스, 했어요

## 메아리

마을 초입
작은할아버지
장작 패는 소리
터엉 텅
산마루 넘으려다
할머니 거친 손에 잡혀
양지쪽에 가지런히 쌓인다
노부부 굽은 등허리가
평생 넘어서지 못한
앞산을 닮았다

# 봄꽃

1
일 나가는 아우를 위해
쑥국을 끓여줘야지
먼 산에서 쑥국새 울고
서러운 뒤란에는
흰 밥알 같은 자두나무꽃
자꾸만 칼질이 더듬거린다
눈앞이 흐려진다
아, 가난도 이렇게 사랑이 된다

2
병원에 계신 어머님이
많이 아프시단다
산천에 불이 붙었으니
열이 나시겠지
저 꽃들 지고 나면
열이 내리시려나

3
마당에 봄빛 햅쌀 같다
오늘은 마당에 안 나갔다
저 빛
오늘만은 건드리고 싶지 않다

## 여자들은 좋겠다


아내와 아내 지인들이
이박 삼일 놀다 갔다

여자들은 좋겠다

밤새 수다 떨고
아침에 또 떤다
술 없이도 지치지도 않는다

안 싸우고
잘 논다고
밥해줬다

쑥국도 끓여줬다

## 하늘

수선화 곱게 핀
이른 아침
마당에 뿌려준 새 먹이를
직박구리가 홀로 먹습니다

한 입 먹고
하늘 한 번 쳐다봅니다

나는 고개 박고
밥 먹는데

하늘 나는 새들은
하늘에 인사할 줄 압니다

하늘 향해 고맙다 합니다

그래야 하늘을 날 수 있습니다

## 하느님도 혼나야지

학동마을 구 이장님
장마철에도 또랑에
물이 없다며 마른장마라며
논 가상에 자전차를
삐딱하게 세운다

온종일
천둥소리 자갈자갈
돌 구르듯 끓어도
찔끔찔끔 애간장을 녹인다

난 하느님이 알아서
하는 일이라
암 소리 안 하지만
낼 아침 구 이장님에게
하느님은 틀림없이 또 한소리 듣겠다

## 달팽이

아침 산책길에
도로를 건너는
달팽이를 만났다
가만 들여다보니
생각보다 빠르고 유연하다

저러다 차라도 지나간다면……
얼른 집어 건너편에 건네줬다

느리다고 비웃지 말라

바쁠 일 하나 없이
집 지고 산다

고맙다며 가볍게 집 지고 간다

# 돌담


담을 쌓는다
돌담을 쌓는다
찌그러진 것
빵구 난 것
길쭉한 것
똥그란 것
못난 것들

작은 놈
큰 놈이
주고받고

더하고 빼고
치고받는다

어깨를 건다

무슨 말이 더 필요하겠냐

# 지게

지게가 사라지고
어깨가 허전해지면서
불행이 시작되었다

지고 다닐 수 있을 만큼의 거리
지고 다닐 수 있을 만큼의 무게
지고 다닐 수 있을 만큼의 크기가
사라진 것보다 더 큰 불행은
어깨에 아무것도 지지 않는다는 것이다

아픔을 모르는 시대
가난을 모르는 시대
무슨 외로움이 있어
한 줌 사랑을 얻겠는가

## 산중 풍경

또랑 건너 오두막에 노부부 산다

깐닥깐닥
산비탈에 들깨 모종 붓고
해 지면 일찍 자리에 든다

수박 하나 드렸더니
들기름 한 병 주신다
되로 주고 말로 받는다

또랑 하나 사이 우리 이렇게 산다

높은 산 보고
낮게 사는 법을 배운다

## 새들은 날기 위해 울음마저 버린다


새들은 날기 위해
쉴 참마다 머리를 산 쪽에 둔다

가벼워지기 위해
뇌의 크기를 줄이고
뼛속까지 비운다
쉽게 떠나기 위해
움켜쥘 손마저 없앴다

새들은 쉴 참마다
깃털을 고르고
날면서도 똥을 싼다

자유로이 떠나기 위해

깃털 하나만큼 더 가벼워지기 위해

오늘은 먼 길 떠나려나

이른 아침부터
뒷산에다 울음마저 버린다

## 꽃

산동네 꽃들은
골목에서 크고
부잣집 꽃들은
창살 안에 큰다

산동네 꽃들은
동네 사람 다 보고
부잣집 꽃들은
저그덜만 본다

## 코딱지나물

일찍 빨래해 널어놓고 산책을 간다
학동마을 지나 다자미마을까지

언 개울 녹아 흐르며
당산나무 외로운
빈 마을에 봄은 또 오는가

인간 세상엔 전염병이 돌고 얼굴을 가린 채
사람이 사람을 피해가며 소문들로 흉흉했다

오늘 누구도 만나지 못했다
빈 마을 멀리 산그늘 내려 깊고 스산할 뿐

움막에 묶인 사나운 몇 마리 개들과
밀차를 밀고 가다 부러진 고목처럼 멈춰 선 할머니
산개구리 흐륵흐륵 바람처럼 스쳐 갈 뿐

봄까치꽃 밥알처럼 흩뿌려진

빈집 마당 코딱지나물 벌써 와
쓰러진 기둥 받치고 있다

봄이 와도 못 올 너는 어디서 울고 있겠지

2
부

# 담쟁이

당신이 결국 나였다는 사실

잎 진 뒤에야 알았다

## 풀 생각

겨울에는
풀이 안 나니
아내에게
거짓말할 게 없네

어쩔 수 없이
책상에 앉네

이 추위에
풀들은 뭐 할까?

그래도
풀 생각이네

## 꼬마 눈사람

하루를 살다 가도
꿈을 꿉니다

나는 커서
봄이 될 거야

인간들은
꿀 수 없는
따뜻한 꿈

## 딱새

뒤란 돌담에
지나가던 딱새 한 마리
사뿐 앉는다

한입
먹이가 물려 있다

두리번거리다
금세 떠난다

밭매다
젖 주러 가는
어미 새다

## 설레는 까닭

눈이
종일
허공 가득
벌 떼처럼 내렸지만
눈송이 하나
다치지 않았다

먼저 내린 눈이
나중 눈을 안아주는
환한 세상

눈이 오면
설레는 까닭이다

## 눈사람

병원에 가
구순이 넘은 어머니랑
신나게 놀다 왔더니
마당에 세워둔
눈사람이 사라졌다

흥건히
돌팍에 물만 흘려놓고

혼자 두고 가 걸렸는데
엔간히 가기 싫어 버텼나 보다

미안하다
너는 눈사람이었단다

## 밥풀

화단에
먹다 남은 밥풀
뿌려놓았더니
새들이 떼로 모여든다

별것 아니다

새들도
사람들도
매한가지다

먹을 곳에 모여든다

## 배추밭

배추밭에 섰다
싱싱하다

―야, 이놈아
   너도 속 좀 차려라

―예
   어머니

그렇게
가을이 갔다

## 벼

선돌마을 이장네 벼가 벌써 고개를 숙였다

나도 따라 고개를 숙였다

## 우수

눈이 녹아서 비가 된다
맞는 말이다
내 마음도 녹여 봄이 되겠다, 우수
앞산에 일찍 산책 다녀왔다
어제 내린 눈이
응달에 그대로 남아 있다
아무도 걷지 않은 길
소양이랑 둘이 걸었다
응달이 추운 것은
눈을 오래 두고 보기 위해서다

# 멧돼지

학동마을 산책길에서 멧돼지를 만났다

나를 보고 꿀꿀했다
나는 쫄아 꼼짝 못 했다

시인도 별것 아니네

멧돼지는 새끼들 데리고
유유히 가던 길 갔다

다행히 안개 때문에 아무도 못 봤다

## 왜

사람들은 왜

가을에는

책을 보라 하나

산을 보라 하지

단풍을 보라 하지

들길 산길 걸어보라 하지

# 산

안개가 산을 감추는 것은
산도 울고 싶을 때가
있기 때문이다

## 손을 감췄다

들판 길을 달리다
논 앞에 섰다
차 키를 든 손이
너무 깨끗해
손을 감췄다

## 하현달

이른 새벽
동쪽 하늘에 뜬
개밥바라기별과 함께
스무하루 하현달이
시린 하늘 건너고 있다
빛나는 것은
스스로 어둠 속에 있는 자다
아침 찾아 나서는 자다
제 몸을
날마다 한 숟가락씩
비워줄 수 있는 자다

## 가을날


학동마을 지나
다자미마을까지
먼 산 바라보며
깐닥깐닥 걸었다

욕심 없는 산천
등이 오래 따숩다

늦가을 햇살 같은
가지런한 이 가난

얼마나
간결한가

# 서리

연이틀 된서리에
호박 넌출 칡덩굴 주저앉아 버렸다
하늘 높은 줄 모르는 것들
하루아침에 아랫도리 힘을 잃었다
서리가 내리는 것은
살아 있는 뭇 생명들
눈이 얼까 눈 감으라는 신호다
산길 헤매는 것들
집 찾아들라는 것이다
있는 놈들 끌어내려 해마다
새롭게 함께 가자는 것이다

흰 눈이 소복소복 쌓이게
몸을 낮추자는 것이다

## 호미

겨울에는 풀도 안 나고
새도 안 오고 막 그런다
어서 빨리 풀도 나고
잎도 나면 좋겠다

헛간에서 심심한 호미가 묻는다

새들은 어디에서 울음을 참느냐고
푸른 꿈을 꾸느냐고

# 3
부

## 그리운 것들은 땅에 묻을 일이다

뒤란 밭에
쪽파를 심고 무씨를 뿌렸다
폭염 아래 땀이 짰다
돌은 돌이라 반갑고
흙은 흙이라 반갑다
밭이 아홉 개
오늘 또 하나 늘렸다
게으른 놈은 밭이 줄고
부지런한 놈은 밭이 는다
사서 고생이다
나는 또 몇 날
뒤란 밭을 오르내리며
가지런한 새싹을 기다릴 것이다
쪽쪽 올라오는
확실한 사랑을

그리운 것들은 땅에 묻을 일이다

# 길

이틀간 내린 비바람이 그쳤다
날이 밝기를 기다려
쓰러진 고추와 토마토 가지를 묶었다
두더지 지나간 자리도 꾹꾹 밟아주고
가지와 호박, 오이 덩굴 가는 길도 터주었다
서로 가야 할 길이 있다는 것
신나는 일이다
내가 할 일은 여기까지
열매는 하느님 소관이니
집 앞 또랑에서 흙 묻은 장화를 씻고
돌멩이 하나 주워 들고 왔다
소양이가 꼬리 치며 반긴다

내가 살아갈 길이다

## 책보다 산이 좋다

긴 장마와 폭우로
책상에 앉는다
오늘도 책은 건성이고
촉촉한 앞산 따라 젖는다
아버지와 그 아버지가
저 산 아래
정성을 다해 살았듯
내 시도
저 큰 산 하나를
가슴 깊이 앉히는 일이다
안개 피어오르고
산새 몇 마리 찾아오면
작은 강 하나
내는 일이다

## 맨날 그럽니다

소양에 온 지 삼 년
오늘은 꼭 책상에 앉아야지
하다가도 또 호미 들고 나섭니다
맨날 그럽니다
누구는 시집이 다섯 권째고
소설집을 내고
무슨 상을 받았다 자랑들 해쌓지만
나는 밭이 열 개 아닌가
꽃 키우며 수백 마리 벌, 나비와
저 앞산 끌어안고
살지 않는가 그러다가도
뭐 부럽기는 조금 합니다
뒤란 화단에 흙을 붓다
앞산을 보니
잎 떨군 가지마다
햇살 눈부십니다
저리 홀가분하게 사는 것도
괜찮을 듯합니다

## 아침 일기

해가 뜨자마자
창문을 활짝 열었다
아침 햇살 따라
봄기운이 왕창 밀고 들어온다
담 너머 앞집
산수유꽃이 벙글고
수선화 새싹이 눈에 띄게 솟았다
참새 몇 마리가
진달래 가지에 앉았다
떠난다
새들은 한곳에
오래 머무르지 않는다
들러야 할 곳이 많은 것일까

참새가 흔들고 간
진달래 가지에
꽃이 곧 피리라

오늘은 뒤란 밭을
정리해야겠다

가만히 있으면
봄 햇살에
너무 부끄럽지 않은가

## 산중 마을

우리 동네는
해도 달도
늦게 뜬다

그리고
후딱 진다

산을 힘들게 오르고
쉽게 내려가기 때문이다

그래서
산중이다

## 새 떼

오늘도 산에 갔습니다
소양이가 앞서 길을 틉니다
날은 맑고 푹합니다
막막한 슬픔처럼
맑은 날일수록 산그늘은 깊습니다
한 무리 새 떼가 나무에 앉습니다
숲이 제 모습을 찾습니다
새들 없이
어찌 숲이겠습니까

## 새벽 일기

오랜만에 책상에 앉는다
근 이십여 일 만이다
그 사이 부산에 갔다 왔고
친구들이 왔다 갔다
새들이 부산해지며
짝을 찾아 울었다
뒤란 상추 모종이
뿌리를 내리고
호박순이 땅을 열어
갈 길을 가늠하고 있다
앞산 숲이 들어차니
바람은 숲을 가만두지 않았다
올봄은 바람이 잦았다
사람들은 알 수 없는
전염병과 싸우다 지쳤고
날마다 풀들은 빈틈을 노렸다
감잎이 이쁘구나
담 너머 누군가를 기다렸고

뻐꾸기는 날마다 목이 쉬었다

아침마다 오가며 풀을 뽑다

뽑은 풀 움켜쥐고

쓸쓸히 먼 산

산벚꽃을 바라보곤 했다

읽지 않고 펴놓은 책을

새 책으로 바꿨고

여름으로 들어섰다

아침에는 뭘 해 먹지

오른손 손톱 끝을

외약손 손톱으로 파냈다

손이 거칠어졌지만

그래도 두 개여서 다행이다

## 춘정

촉촉이 봄비 내립니다
호미도 저도
오늘은 하루 쉽니다
담 너머 살구꽃 희게 번지고
앞산 진달래 붉게 피는데
문 닫기가 좀 그렇습니다
살짝 문 열어둡니다
결국
외약쪽 눈 우에 다래끼 났습니다

## 오늘은 누구라도 볼 수 있을까

날이 맑다 흐렸다
뒤란 계곡 안쪽으로 들어가 찔레 순을 땄다
가시가 있다는 게 다행이다
작은 나뭇가지 하나라도
함부로 대하지 말라는 뜻일 것이다
배움의 시작이고 끝이 아니겠는가
바람이 거세고 춥고 스산했다
산이 울었다
나무가 많은 산은 크게 울었다
나는 언제 울었던가
가시를 피해 더듬거렸다
함께 산다는 것은 서로 울어주는 일
대대로 울음은 혁명의 시작이었다
슬픈 것만은 아니었다
아름다운 건 꽃만이 아니었다
깊게 뿌리내리기 위해 울먹이는 일
몸부림일 수도 있다
오늘은 누구라도 볼 수 있을까

사람을 안 보는 날이 보는 날보다 많다

# 서 근 반

빗방울이 새벽 지붕을 두드린다
산중 빗소리는 늘 요란하다
오늘은 위봉산성 너머
소양에 나가 고추 방아를 찧었다
두근거리는 서 근 반
아름다운 무게다
뒷좌석에 싣고
되돌아 넘는 고갯길
왜 이리 옹골지고 호복한지
사람들은 모른다
자꾸만 뒤돌아보게 하는
알싸한 매운맛
가난한 자만이 알 수 있는
서 근 반
이 작은 조마니의 무게를

## 시인

아름다운 것들은
땅에 있다

시인들이여

호박순 하나
걸 수 없는

허공을 파지 말라

땅을 파라

## 집을 나선다

집을 나선다
가방에 물 한 병 챙겨
간단히 산길 걷는다
언젠가는 물도 없이 나설 때가 있으리라
아니 나서지도 못할 때가 있으리라
고샅길 돌아 앞산 밑에 서서
내 집을 한참 내려다본다
대문 없는 저 가난한 돌담집
돌아가지 못할 날도 있으리라
집에 들고 나는 일이
홀로 가기 위한 엄중한 길임을
앞산 길에 서서 알았다

오늘 돌아왔으니
나는, 다시 나설 수 있겠구나

## 폭설

눈 온다
정말 시처럼 온다
뭘 빼고
더 보탤 것도 없다

넌 쓰고
난 전율한다

시는 그런 것이다

## 나는 배추 심었다

미국 놈들은 오늘
대한민국 성주에 도둑놈처럼 사드 심었다

나는 뒤란 텃밭에 배추 심었다

사드는 안 자란다

# 4
## 부

# 귀향

평생 그리던 시골집 하나 사놓고
덜컥 아팠다
속살이 타버린 줄도 모르고
하루를 못 버티고 다들 떠난
마찌꼬바 용접사로 삼십여 년 살았다
노동이 아름답다는데 나는 신물이 났다
살 타는 냄새를 맡았다

저 대문 활짝 열고
찾아올 동무를 위해
일찍 등불 걸어야지
저 허청엔 닭장을 지어야지
첫닭이 울면 어둑어둑 비질을 하고
동네 한 바퀴 돌아야지
뚝뚝 지는 능소화 꽃잎을
아침마다 주워야지
잉그락불 같은 채송화를 마당 가득 심어야지
불 끄면 마당 가득 쏟아지는

별들을 소쿠리에 담아야지

새들이 오래 놀다 가는
바람의 집을 지어야지

## 눈이라도 내리면 좋으련만

날은 흐렸다
어디서는 첫눈이 온다 하는데
바다 건너 영도
작은 조선소 용접 불꽃은 길다
가난한 노동자가 눈 부릅뜨고
가망 없는 세상의 속살을 녹이는 중이리라
저 불빛에 감전되어
삼십 년 눈먼 용접사로 살았다
발등에 쏟아지는 쌀밥 같은 불덩이들
손발이 저려 일어서지도 주워 먹지도 못했다
노동자가 자랑스럽다는데 난 쓴웃음이 나왔다
각성되지 못한 노동자여서일까
더 이상 물러설 곳 없는 막장에서
휘어진 손가락 감추고 뼈로 버텼다
배 속이 녹아버린 것도
용접기를 놓고서야 알았다
오늘은 내 자르고 때운
속살 들여다보기 위해

바다 건너 용접 불꽃 바라보며 금식 중이다

눈이라도 내리면 좋으련만

## 고무신

여름이 오고 큰물이 나면 마을 사람들은 강가로 몰려나왔다 투망과 족대를 들고, 아이들은 발가벗은 채 어른들을 따라다니며 고기를 담거나 첨벙거리며 뛰어다녔다 소와 돼지가 떠내려가고 뿌리 뽑힌 나무들과 어쩌다 집들도 떠내려갔다 어른들은 안타까워했지만 어쩔 도리가 없었다 강을 꽉 메운 붉정물 앞에 숙연해지곤 했다

저 아래 끝 삼굿배미에 가면 우골에서 내려오는 지천이 있었다 산에서 내려오는 물이라 맑았고 붉정물과 합류하는 곳이라 고기가 잘 물어 낚시하는 형들로 늘 북적거렸다 물길을 뛰어넘고 물장구를 치며 놀다 난 그만 한쪽 고무신을 잃어버렸다 정신이 아찔했다 한쪽 남은 신발을 내려다보며 한없이 물길을 원망하며 울었다 소식을 들었는지 걸레 빨다 쫓아온 어머니에게 직사하게 맞았다 온몸에 걸레 자국 검붉게 남아 따끔거렸다

지천의 물은 비만 멎으면 금방 줄었다 모두들 돌아
갔지만 난 물이 줄어들기를 기다리며 오래 물 앞에 앉
아 있었다 어지럼증이 일었지만 행여 포기할 수 없었
다 눈이 퉁퉁 부어 가물가물할 즈음 돌팍 사이에 끼어
물살에 발발 떠는 검은 것이 보였다 아, 잃어버린 한쪽
신발이었다 신발을 주워 맨가슴에 꼭 안고 혼자 한참
울었다 신발을 찾아 신고 자꾸 발등을 내려다봤다

　집으로 돌아오는 길에 어머니를 만났다 우리는 서
로 부둥켜안고 울었다 내가 미쳤지 내가 미쳤지 어머
닌 상처 난 내 맨몸을 쓰다듬으며 미안하다며 울었다
나도 따라 울었다 집에 돌아와서 나는 마루 기둥에 새
겨 쓴 숫자를 찾았다 내가 검정고무신을 산 날짜였다

## 아따 겁나게도 오네

동네 사랑방에서
돌아오신 아버지가
토방에서 눈을 턴다

아따
겁나게도 오네

새끼줄
한 타래
내려놓는

자욱한 밤이었다

# 별밤

우린 강가에 방을 만들어놓고 여름방학이 오길 손
꼽아 기다렸다

산중에 어둠이 내리고 집집마다 모깃불이 매캐하게
피어오르면 우리는 헌 이부자리를 말아 들고 저녁밥
먹기가 무섭게 마을 앞 강가에 모여들었다 돌밭에 넓
적한 돌들을 맞대 깔고 낮은 담까지 쌓아 서넛이 들어
갈 수 있는 오낙한 방 자리를 만들었다 서로 맘에 맞는
친구들끼리 한패가 되어 예닐곱 개의 방 자리가 만들
어지고 한쪽에 큰방 하나 여자아이들 방을 남자아이
들이 만들어줬다 낮에 열 받은 돌들은 밤늦도록 따뜻
했다 더우면 물에 들어가 놀고 끼리끼리 밤늦도록 쏟
아지는 별을 보며 도란거리다 혼곤히 잠들곤 했다 하
얗게 은하수 깔린 밤하늘 유성이 흐르다 떨어지는 곳
반딧불이 사라지는 곳 호랑지빠귀 울고 가는 곳 그렇
게 사방으로 자라서 흩어질 줄 몰랐다 여름방학이 끝
나도록 우리는 큰물에 부서진 방 자리를 고쳐가며 밤
마다 모여 북두칠성을 찾았다 떠난 고향의 쟁쟁하던

그 여울목 물소리 하늘 가득 숯불 같은 별밤이 시였다
는 것을 이제야 알았다

## 장마

장맛비가 내립니다
밤새 끙끙 앓던 어머님은
진통제를 맞고서야
곤히 잠드셨습니다
병실 너머 먼 산
안개에 싸인 어머니의 빈 마을도 젖어가겠지요
얼굴을 닦으시다
휴지를 든 채 힘없이 내려진
어머니의 손
땅을 놓아버린 빈 손
이제 바람 한 줌 빗물 한 방울 머물지 않습니다
평생 움켜쥐려 했던 것들이 실은
허공이었다는 것
바람이었다는 것
어쩌면 헛웃음이었다는 것
핏줄조차 숨어버린 야윈 손은
시퍼런 멍이 들어 서럽습니다
가끔 눈을 떠 깊은 허공을

초점 없이 바라보시는 눈빛
기저귀를 갈고서야 푹 잠이 드신
어머니의 흰머리가 곱습니다
호미 하나로 헤쳐온 거친 세월을
가쁘게 내쉽니다
나도 잠시
잠든 어머니 머리맡에 앉아
시 한 편 읽어야겠습니다

# 작두

날이 풀리자 아버지는 소를 몰아 마른논을 갈았다
쟁기날에 엎어진 매끈한 흙더미가 어찌나 곱고 이쁘
던지 손바닥으로 문질러보곤 했다 논을 다 갈면 아버
지는 먼 버선배미, 삼대 논까지 풀 짐을 져다 쌓았다 날
씨는 점점 더워지고 너울거리던 아버지의 풀 짐도 더
흔들렸다 그래도 입 꼭 다문 채 걷는 아버지는 엄숙한
수행자였다 그렇게 논마다 풀더미가 쌓이면 아버지와
어머니는 작두를 옮겨가며 풀을 썰었다 따가운 햇볕
아래 말없이 맥이고 딛는 먼 모습을 하굣길에 바라보
다 말없이 돌아서곤 했다 작두날에 썰린 가지런한 풀
처럼 참 아름답고 고른 날들이었다

고향에 갈 때마다 나는 잠시 거기쯤 머물러 그 가지
런한 가난을 떠올려보고는 한다

## 자꾸 호미 자루가 빠졌다

  자꾸 호미 자루가 빠졌다 어머니는 빠진 구녁에 침을 뱉어 돌꽉에 탕탕 내리치곤 했다 자리만 남은 빠진 구녁은 깊고 쓸쓸했다 강 건너 앞산 밭은 경사가 심해 아래를 바라보면 어지러웠다 호미질은 아래에서 위쪽으로 했다 어머니의 손은 언제나 빠르고 거침없었다 나는 심심하면 강물을 내려다보거나 가망 없을 산 너머를 그리워하다 밭가 돌을 굴리곤 했다 따라 구르는 작은 돌과 흙무더기가 재미있었다 구르다 멈춘 돌멩이 앞에는 늘 강물이 아득히 흘렀다 그리고 얼마 후 그 밭 한 귀퉁이에 흰 명꽃이 피곤했다 어머니는 보자기를 허리에 두르고 해마다 듬성듬성 목화송이를 모아 두 누이를 시집보냈다 서리가 내리면 어머니의 한 해 농사는 늘 그렇게 가난하게 끝나곤 했다

# 호야등

마을에서 처음 호야등을 걸었다 집 꾸미기를 좋아하시던 아버지가 순창 장날 큰맘 먹고 사 오셨다 그을음 없이 맑았다 바람 불어도 끄떡없었다 빨간 호야등이 켜진 우리 집은 멀리서도 늘 따뜻하고 훤했다 밤이면 우리는 한 이불 속에 서까래처럼 누워 잠을 잤다 온기 시들해지는 새벽이면 아랫목을 파고들며 순한 둘째 형을 건드려 사달이 나곤 했다 그날은 발 싸움이 베개 싸움으로 번져 호야등 유리를 깨고 말았다 아침을 짓다 부지땅을 들고 달려온 어머니에게 나는 또 직사하게 맞았다 고작 칠 원이었다며 오늘도 요양병원 어머님이 전화를 하셨다

어머니는 말썽 많았던 나를 더 좋아하시는 게 틀림없다

## 영어사전

종이가 귀하던 시절
아버지는 날마다
사전을 뜯어
봉초를 말아 피우셨다

얇은 종이는
담배 말기에
딱 제격이었다

땅을 파다
낫질을 하다
힘드시면

침 발라
똥 발라
그렇게
싸그리 없애버리셨다

## 그리고 어머니는

아버지는
부지런히 닥나무 껍질을 팔아 소를 사고
소를 키워 논을 사고
논을 팔아 자식들을 가르쳤다

그 자식들은
글 배워 도시로 가고
묵은 밭에 아버지는 묻혔다

그리고 홀로 남은 어머니는
호미 놓고 요양병원 가셨다

## 어머니와 호미

어쨌든 돌은 무겁다
오랜 세월 하고 싶은 말들
가슴에 묻고 살았기 때문이다
돌멩이는 흙의 사리다
어머니는 이 세상 사리다
나는 오늘 밭에서 돌을 줍다
자루 빠진 호미 하나 주웠다
막막한 세상 얼마나 후벼 팠을까
내 정신 좀 봐 뛴전뛴전 저 호미 찾았을까
닳고 닳아 가벼워진
요양병원 어머니인 듯 애리다
울다 지친 눈부신 봄날
어머니가 밭 가상에 돌 던지던 소리
얼마나 깊고 아득했던가

자꾸만 호미 끝에 치이는 돌멩이들
서럽게 울어쌓는 산비둘기들

## 재수

학교 다니면서 무엇이 되겠다
돈을 벌겠다
걱정 안 했다

그냥 친구 만나
열심히 술 먹고 사이좋게 놀았다

세상 이만한 공부가 어디 쉬운가

아내는 이런 나를 용케 잡았다

이만한 재수 어디 있는가

# 첫눈

용만아 별일 없냐
여긴 눈이 많이 온다
요양병원에 계신 어머니 전화다

여기저기
달뜬 첫눈 소식들이고

부산은 햇빛 쨍쨍하다

어머니에겐 첫눈보다 자식이다

몸 관리 잘혀
눈길 조심허고

어머니에게 첫눈은 자식이다

## 풀씨

난 아버지의 뛰는 모습을 본 적이 없다
언제나 지게를 지고 있었기 때문이다

한 발 한 발 무겁고 신중하셨다
가족들이 먹을 밥을 지고 다녔기 때문이다

아버지는 늘 진한 갈색 물이 얼룩진 옷을 입고 다니
셨는데
옷마다 풀물이 들었기 때문이다

나는 아버지가 죽으면
푸른 풀꽃으로 태어날 것이라 믿었다
신발 가득 풀씨들을 넣고 다녔기 때문이다

발

문

―――――――

# 세상에서 가장 선한 시의 마을

**정우영 시인**

### 1

형만 떠올리면 절로 웃음이 돈다. 기분 상쾌해진다. 감히 말할 수 있겠다. 김용만 같은 사람만 있으면 세상 참 살 만할 거라고. 형의 어떤 점이 나는 그리 좋을까. 하나를 짚으라면 쉬 결정할 수가 없다. 다만, 이렇게 일러드릴 수는 있다. 형을 만나보시라고. 그의 얼굴을 가만히 들여다보시라고.

그가 누구든지 간에 사람들 눈과 얼굴에는 인생이 담겨 있기 마련이다. 속이기 어렵다. 형도 마찬가지여서 그의 눈과 얼굴에는 형의 삶이 온전히 배어 있다. 겉으로 보기에는 짜글짜글한데 참 희한하다. 사람을 끌어당기는 힘이 있다. 골 파인 주름살에 어떤 마력이 숨어 있기라도 한 걸까. 스르륵 맘이 형 쪽으로 기운다. 거의 자동이다.

최근 그가 페이스북을 시작했는데 사람들로부터 상당한 호응을 받고 있다. 스스로도 놀라고 있지 않을까. 누군가에게 이처럼 관심받은 적 그리 많지 않았을 테니. 나는 사람들의 이 반응이 당연하다고 여긴다. 그는 진심을 담아 글을 쓰고 사진을 올린다. 가공이 없다. 산과 들에 둘러싸인 벽촌의 이모저모를 있는 그대로 담아 기록하는 것이다. 나는 지금 비록 그렇게 살지 못하지만, 한 번쯤 살아는 보고 싶은 나날들이 거기에 펼쳐진다. 어찌 사람들이 눈과 귀 기울이지 않을까.

그것을 아는지 모르는지 그는 오늘도 무심하게, 심심하고 허전한 것 같은데 알고 보면 바쁜 하루를 연다. 흙과 돌을 만지며 끊임없이 밭을 매고 꽃들을 어루만진다. 땅한 뙈기라도 더 일구려고 애쓰던 우리 어머니들처럼. 물론 이런 게 돈 되는 일은 아니다. 그저 땅을 놀리지 않을 뿐이다. 비축한 양곡이 있는지 어쩐지는 알 수 없으나, 궁기는 없어 보인다. 다행스럽다.

농사라는 관점에서 보면 그의 일거리는 소농도 못 되고 텃밭 가꾸기 수준이다. 그러니 농사에 근심이 적다. 전적으로 농사에 의존하지 않기 때문이기도 하고 스스로 가난을 선택했기 때문이기도 하다. 농작물이 해를 입어도 그는 새와 벌레와 나누어 먹으면 되지, 하고 넘어간다. 나만이 아니라 너의 생명도 귀히 여기는 것이다. 나는 그의 이 너그러움과, 너와 함께 살고자 하는 삶의 태도가 존경스럽다. 아무나 할 수 있는 일이 아니다.

나와는 달리 내 주변에는 다감한 사람들이 적지 않은데 그중에서도 용만이 형은 단연 으뜸이다. 얼마 전 소설가 윤동수가 전주에서 혼례를 올렸을 때다. 전주에 왔으니 형이 밥을 산다고 자리를 마련했다. 코로나19가 아주 심할 때라 같이 밥 먹는 걸 피하고 있었는데, 그의 초대는 도저히 물리칠 수가 없었다. 진심으로 밥 한 끼 대접하고 싶은 간절함이 읽혔다. 그는 윤동수의 혼례가 마치 자기 집 잔치인 것처럼 극진하게 우릴 맞고 같이 밥을 먹었으며 귀한 선물을 싸서 보냈다. 어찌나 간곡한지 고맙다는 말을 건네기조차 민망했다. 형은 그런 사람이다. 세상에 악이란 것을 모르는 사람 같은 얼굴로 사람을 만나고 세상을 살아가는 중이다. 그악스러움이라곤 전혀 없이 자애와 배려가 몸에 배어 있다.

그러니 어찌 그의 이름만 들어도 따사롭고 환해지지 않겠는가. 왠지 사는 게 시들해질 때면 그의 페이스북을 뒤적인다. 때를 막론하고 그의 페이스북 담벼락에는 다사로운 사람의 흔적이 흥건하다. 모나고 다급한 현대인을 위무라도 해주려는 듯. 이런 면에서 내게는 그가 살가움의 진원지 같기도 하다. 아, 그렇다고 해서 그를 귀감의 완결형인 도인풍으로 귀결 짓지는 마시길. 그는 임실

촌놈티를 평생 벗지 못할 순박한 '성님'인 데다가 문명의
이기들에는 꼼짝없이 주눅 들어하는 아재이기도 하므로.

2

성정이 이렇듯 순박하고 다감한 시인이 적어간 시는
과연 어떠할까. 너무 착해서 혹 재미없지는 않을까, 계몽
에 물들지 않았을까 하는 우려가 피어날 수도 있다. 당혹
스러운 일그러짐 같은 것에 시의 매혹이 고이기 마련인
데 왠지 그는 그쪽이 아닌 것 같기 때문이다. 기우이다.
그의 시는 선하지만, 그 속에는 삶의 간난신고(艱難辛苦)
가 고여 이룬, 다양한 미감이 골고루 스며 있다. 아마도
사람들은 요즘 시에서는 좀체 맛볼 수 없는 이 담담한 시
에 끌려 곧 중독되지 않을까.

앞말이 길다 싶다. 그러한지 어떤지 작품으로 만나보
자. 나는 시 「폭설」에 그만의 정미(精美)한 시적 아름다움
이 잘 드러나 있다고 본다.

눈 온다
정말 시처럼 온다
뭘 빼고
더 보탤 것도 없다

넌 쓰고

난 전율한다

시는 그런 것이다

—「폭설」전문

"넌 쓰고/ 난 전율한다". 이에 무슨 말이 더 필요하랴. 시는 군더더기 없이 자연을 받아 적어야 한다고 말하는 게 멋쩍을 지경이다. 짧은 언술 속에 그의 시적 미학이 통째로 담겨 있다. 자연은 "쓰고/ 난 전율"하면 된다는 것이다. 나는 그의 이 진술에서 그의 시적 기반을 짐작한다. 인위(人爲)를 시의 중심에 놓지 않겠다는 다짐처럼도 보인다. 내리는 '폭설'에서 그는 자신의 이 같은 시론을 새삼 확인한다. 생각해보라. 저 내리는 폭설에 무엇을 더 보탤 것인가. 속수무책이요, 무장해제이다. 자연의 저 엄청난 행위 앞에서는 누구라도 자신을 잊을 수밖에는 없을 것이다. 그야말로 "뭘 빼고/ 더 보탤 것도 없다". 시는 명징하고 그 아린 맛은 달달하게 감긴다.

나는 이 짧은 시에서 노자의 말씀도 듣는다. 노자는 자연을 따르는 게 도라고 했는데[道法自然] 그 말이 여기에 구현되어 있다. 김용만은 자연을 따르는 것이 시이며 이

것이 삶의 이치라고 여기는 것 같다. 시는 사람이 자연을
본뜬 도의 경지라는 것인가. 그렇다면 시를, 우주적 본성
이라 표현해도 다르지 않을 것이다. 자, 생각이 이쯤 이를
때 시인의 자리는 어디인지가 또 궁금하다. 나는 노자의
인법지(人法地)를 떠올린다. 사람이 땅을 본받듯 시인도
그래야 한다고 형은 생각하는 것처럼 보인다. 그의 이 같
은 사유를 그의 시「시인」에서 확인할 수 있다.

　　　아름다운 것들은
　　　땅에 있다

　　　시인들이여

　　　호박순 하나
　　　걸 수 없는

　　　허공을 파지 말라

　　　땅을 파라

　　　　　　　　　　　　　　　　　　　　　—「시인」 전문

　마치 인법지(人法地)를 시화한 것 같은 구성 아닌가. 땅

을 본받으라는 노자의 말씀을 충실히 따르고 있다. 그는 당부한다. 시로 써야 하는 "아름다운 것들"은 다 "땅에 있"으니 "시인들이여" 땅을 파라고. 그는 명쾌하게 말한다. "허공을 파지 말라". 참답고 "아름다운" 시는 "땅에 있"는데 "호박순 하나/ 걸 수 없는" 저 관념의 허공에는 왜 빠져 있느냐는 뜻이겠다. "땅을 파라". 단호한 일갈이다. 책상에 앉은 채 허공에 뜬 지식 들먹이거나 인터넷 뒤적거려 시 쓰지 말라는 경고다. 곱씹을수록 아픈 통박이 아닐 수 없다. 그렇다. 저 허공에 무슨 아름다움이 있을 것인가. 눈 열어 저 허공을 보라. 말짱 헛것 아닌가. 진실로 시를 얻고자 한다면 땅을 디디고 땅을 팔 일이다. 그 아름다운 노동 끝에는 마음의 골마다 반드시, 시가 고여 들지 않을까.

형 스스로도 「책보다 산이 좋다」라는 시에서 이를 증명하고 있다. "긴 장마와 폭우로/ 책상에 앉"지만, "책은 건성이고/ 촉촉한 앞산 따라" 그는 "젖는다". 책을 볼 수밖에 없는 상황에서도 그의 눈은 책으로 향하지 않고 땅으로 가닿는다. 왜냐하면 내 아버지들이 그랬듯 "내 시"에서 중요한 것은 "저 큰 산 하나를" 우선 "가슴 깊이 앉히는 일이"기 때문이다.

그렇다고 해서 형을 무조건적으로 자연에 순응하는 시인으로 규정해서는 곤란하다. 그에게는 남다른 고집이 있다. 사람으로서 할 도리를 다하고 난 뒤 자연을 기다려야 한다는 믿음이 그것이다. 난 이를 '검질긴 희망'이라 부르고 싶은데, 집 안에 널린 돌들을 주워 모아 돌담을 쌓고 거기를 다듬어 텃밭으로 만들어가는 과정들이 이를 예증한다. 누군가에게는 헛된 일들로 비칠지 몰라도 그는 이 일에 온 정성을 기울인다. 손바닥만 한 땅덩어리일망정 돌 밑에 깔려 신음하게 놓아둘 수 없는 것이다. 돌에 짓눌린 흙의 생명력을 틔워야 하기 때문이다. 나는 그의 이 고집에서 생명을 귀히 여기는, 천성적인 농부의 마음과 생태주의자의 면모를 발견한다. 그런 점에서 그를 생명의 시인이라 불러도 과히 틀리지 않을 것이다. 어찌 땅뿐이랴. 그의 갸륵함은 주위의 동식물에도 머물러 그것들과 더불어 함께 살 수 있길 바라고 바란다. 생명을 이렇게나 귀히 여기므로 스스로 먼저 움직여 도리를 다한 뒤 자연을 불러들이고자 하는 것이다. 그저 자연의 뒤만 좇는 것은 그의 성정에 맞지 않는다. 이를 반영한 작품이 「귀향」이다.

평생 그리던 시골집 하나 사놓고

덜컥 아팠다

속살이 타버린 줄도 모르고

하루를 못 버티고 다들 떠난

마찌꼬바 용접사로 삼십여 년 살았다

노동이 아름답다는데 나는 신물이 났다

살 타는 냄새를 맡았다


저 대문 활짝 열고

찾아올 동무를 위해

일찍 등불 걸어야지

저 허청엔 닭장을 지어야지

첫닭이 울면 어둑어둑 비질을 하고

동네 한 바퀴 돌아야지

뚝뚝 지는 능소화 꽃잎을

아침마다 주워야지

잉그락불 같은 채송화를 마당 가득 심어야지

불 끄면 마당 가득 쏟아지는

별들을 소쿠리에 담아야지


새들이 오래 놀다 가는

바람의 집을 지어야지

　　　　　　　　　　　　　　　　　　—「귀향」 전문


　그가 다시 땅으로 안착하기까지에는 상당한 곡절을 넘
어서야 했다. 귀향하고자 "평생 그리던 시골집 하나 사 놓
고" 그날을 손꼽아 기다렸으나 덜컥 암에 잡혔다. "속살이
타버린 줄도 모르고" "마찌꼬바 용접사로 삼십여 년 살아

온" 인생의 참담한 쓴맛이었다. "노동이 아름답다"고들 하는데 그는 "신물이 났다". "살 타는 냄새를 맡았"기 때문이다. 그는 살 타는 냄새 나는 곳이 아니라, "첫닭이 울면 어둑어둑 비질을 하고" "뚝뚝 지는 능소화 꽃잎을/ 아침마다" 줍는 집을 꿈꾸었다. "잉그락불 같은 채송화를 마당 가득 심"고 "불 끄면 마당 가득 쏟아지는/ 별들을 소쿠리에 담"는 집, "새들이 오래 놀다 가는/ 바람의 집을" 짓고자 한 것이다. 그러니 그가 지금 살고 있는 소양의 저 집은 얼마나 귀한 집일 것인가. 날마다 쓸고 닦고 돌 나르고 땅을 고를 수밖에 없다. 자연에게 맡기는 것은 그다음이다.

형의 시를 읽다 보면 은근히 꼰다는 게 느껴진다. 대놓고 풍자하거나 해학을 쏟아내는 것이 아니라, 슬근 눙치는 것이다. 「하느님도 혼나야지」 같은 작품이 대표적인데, 티 나게 삐딱하기보다는 슬그머니 에둘러 종주먹을 날린다고 할까.

학동마을 구 이장님

장마철에도 또랑에

물이 없다며 마른장마라며

논 가상에 자전차를

삐딱하게 세운다

온종일

천둥소리 자갈자갈

돌 구르듯 끓어도

찔끔찔끔 애간장을 녹인다


난 하느님이 알아서

하는 일이라

암 소리 안 하지만

낼 아침 구 이장님에게

하느님은 틀림없이 또 한소리 듣겠다

—「하느님도 혼나야지」 전문


　어설픈 훈계 같기도 하고 어정쩡한 잔소리 같기도 한
데 이게 또한 그의 매력이다. 그는 뭔가 꽉 차게 갖추지를
못하는 것이다. 그럼에도 불구하고 시적으로 모자라지는
않게 버무린다. 이 시에 등장하는 화자를 보면, 쭈뼛거리
는 품이 딱 형이다. 그러나 구 이장님은 반대다. 그가 누
구든, 심지어는 하느님이라고 하더라도 한소리 내지르고
야 만다. 화자와 구 이장의 간극이 이 시의 묘미를 보여준
다. 하느님이 무서워 "암 소리 안 하"는 나와, 하느님일망
정 게으르게 군다면 참지 못하는 구 이장의 대비는 어쩐
지 통쾌하다. 그 통쾌함은 아마도 농자의 생명관이 드러

나기 때문 아닐까. 생명 있는 것들 살려야 할 때에는 하느님에게도 대들어야 함이 농자의 기본자세다. 생명의 소리를 듣는 자, 땅과 교감하는 자들은 아는 것이다. "천둥소리 자갈자갈/ 돌 구르듯 끓"이며 "찔끔찔끔 애간장을 녹"일 때가 아님을. "장마철에도 또랑에/ 물이 없"는 "마른장마"는 하느님이 게으르게 딴짓하고 있어서이다. 그러니 이게 지금 뭐 하는 짓이냐고 한소리 내지를 수밖에.

풍자의 시적 몸짓은 생태를 말할 때 더 빛을 발한다. 물론 거기에는 풍자 속 메시지의 울림이 적절하게 균형을 맞추어야 한다는 전제가 따르기는 하지만.


산중의 봄은 빗소리로 온다
산 넘어 자박자박 온다


위봉산성 내리막길
불빛 따라 언뜻언뜻 뛰던
개구리, 두꺼비는
찻길 무사히 건넜을까


나는 돌아와 누웠는데
길 건너다 깔린
저 작은 목숨들

새벽에야 생각나네

인간들은 왜 자꾸 남의 봄을 빼앗나
지들 봄이나 잘 챙기지

—「지들 봄이나 잘 챙기지」 전문

"산중의 봄은 빗소리로" 오는데 "산 넘어 자박자박" 비
가 내리면 개구리, 두꺼비도 같이 깨어난다. 생명의 본능
이다. 문제는 인간들이 만들어놓은 찻길이나 각종 턱들
이다. 수많은 개구리와 두꺼비 등이 이 장애물을 넘지 못
하고 목숨을 빼앗긴다. 생명을 이으려다가 도리어 생명
을 앗기는 참변을 당하는 것이다. 새벽에서야 나는 "길 건
너다 깔린/ 저 작은 목숨들" 생각이다. 보다 일찍 생각했
다고 한들 달리 뾰족한 수는 없겠으나 그는 너무 늦게 떠
올린 게 미안하다. 공생공락이 아닌 인간의 이기심에 대
해 한마디 하지 않을 수 없다. 인간들아, 남의 봄 빼앗지
말고 니들 봄이나 잘 챙겨라 하고.

그러나 그도 알고 나도 안다. 이 말이 얼마나 공허한지.
이득이라 여기지 않는 한, 인간들은 저 개구리와 두꺼비
의 죽음에 계속해서 무감각할 것이다. 불행은 이로부터
시작됨을 인간들은 깨닫지 못하고 있다. 두꺼비와 개구
리가 살지 못하는 곳에서 인간이 언제까지 살 수 있을 것

인가. 두꺼비와 개구리를 살려야 인간도 제대로 된 삶을 영위할 수 있다. 그러니 저들 봄을 빼앗을 게 아니라 저들 봄을 진작시켜야 하는 것이다. 마치 그가 뒤란 밭을 정리하듯이. 그래야 "잔돌은 가라앉고/ 흙은 솟아 밭이 자리를 잡"는다. 이렇게 만들어진 "잔돌과 필요 없는 검불들이/ 가지런히 쓸린 고른 땅"이야말로 "우리가 결국 꿈꾸는 혁명"(「꽃산 아래」)을 얹을 땅이 될 것이며 봄을 피울 수 있을 터이다.

당연히 이 혁명은 인간 삶만 뒤집어엎으려고 하는 그런 게 아니다. 그가 꿈꾸는 이 혁명에는 수많은 지구 생명체들의 공생이 함께한다. 사람만 잘 살아가는 건 그가 바라는 혁명의 이상향과는 거리가 멀다. 그의 마을에는 저 가녀린 생물체들도 같이 어우러져야 한다. 찻길 건너다 깔려 죽는 목숨들을 그는 틈날 때마다 애달파하는데 천지 만물이 더불어 함께하는 삶만이 참다운 세상임을 그는 익히 알고 있기 때문 아닐까.

이처럼 그의 시는 다양한 색채를 띠고 있다. 그저 선한 눈망울만 꿈쩍이고 있진 않다. 그중에서도 특히 내가 눈 열어두는 작품들은 '가난의 시들'이다. 가난하되 전혀 가난하지 않은 시들.


학동마을 지나

다자미마을까지

먼 산 바라보며

깐닥깐닥 걸었다


욕심 없는 산천

등이 오래 따숩다


늦가을 햇살 같은

가지런한 이 가난


얼마나

간결한가

—「가을날」 전문


　그는 어쩔 수 없이 가난에 빠진 게 아니다. 스스로 기꺼이 가난을 두른 것이다. 나는 그가 참 어려운 결단을 했다고 여긴다. 뼈저린 가난을 겪어본 사람들은 그 가난으로 되돌아가는 것을 무엇보다 두려워한다. 나는 그가 이 자발적 가난을 선택함으로써 가난의 공포를 벗어버렸다고 본다. 도회지의 부산스러움 같은 건 이제 신물이 난다. "늦가을 햇살 같은/ 가지런한" 가난이야말로 그의 진정한 꿈이다. 생각해보라. 가난은 "얼마나/ 간결한가". 욕심 없는 마음과 눈에 들어오는 "산천"은 오래도록 등이 따숩다. 그러니 "학동마을 지나/ 다자미마을까지/ 먼 산 바라보며/ 깐닥깐닥 걸"어도 전혀 피곤하지 않다. 걷는 걸음걸음이 오히려 충만했을 것이다. 혼자이면 어떻고 가진 것 없으면 어떠랴. 비어서 간결하고 없어서 풍족한 것을.

물론 애초부터 그가 이러한 경지에 이른 것은 아니다. 언젠가 그가 "들판 길을 달리다/ 논 앞에 섰"을 때다. "차 키를 든 손이/ 너무 깨끗"했다. 그는 차마 부끄러워 "손을 감췄다".(「손을 감췄다」) 차 키를 든, 너무 깨끗한 손과 논의 대비에 그는 깜짝 놀랐을 것이다. 자본과 노동, 문명과 비문명, 풍요와 가난 등 수많은 대비와 함께 어떤 부끄러움이 차오르지 않았을까. 이 자각의 순간, 그의 삶은 달라졌을 것이다. 이렇게 살아서는 안 되겠구나 하고. 앞에 적은 시 「폭설」에서처럼 "눈"이라는 자연은 보여주고, 각성한 그는 전율한다. 나는 이러한 인식 없이 내세우는 가난은 허구라고 생각한다. 각성하지 않고서야 어찌 저 강압적인 자본의 두터운 허울을 벗을 수 있을 것인가.

빗방울이 새벽 지붕을 두드린다
산중 빗소리는 늘 요란하다
오늘은 위봉산성 너머
소양에 나가 고추 방아를 찧었다

두근거리는 서 근 반

아름다운 무게다

뒷좌석에 싣고

되돌아 넘는 고갯길

왜 이리 옹골지고 호복한지

사람들은 모른다

자꾸만 뒤돌아보게 하는

알싸한 매운맛

가난한 자만이 알 수 있는

서 근 반

이 작은 조마니의 무게를

—「서 근 반」 전문

"두근거리는 서 근 반"이라는 시행이 내게로 건너와 오
래도록 머문다. 정말 "아름다운 무게"다. 나는 한 번도 이
와 같은 설렘의 순간을 경험해보지 못했다. 씨 뿌려 가꾸
고 키워 빻는 농산물. 그 수확의 기쁨을 달리 무엇이 대체
할 수 있을 것인가. 내가 기르되 자연이 키워준 고추, 서
근 반. 그 "아름다운 무게"를 "뒷좌석에 싣고/ 되돌아 넘
는 고갯길"은 그야말로 "옹골지고 호복한" 풍요의 절정
아닌가. 용만이 형 휘파람 부는 소리가 들리는 듯하다. 땀
흘려 일하고 거둔 자만이 느낄 수 있는 득의의 멜로디가

흥감하다. "서 근 반", "가난한 자만이 알 수 있는" "이 작
은 조마니의 무게"는 그래서 결코 작다고 할 수 없다. 마
치 복주머니처럼 한사코 부푸는 것이다. 이러할 때 그의
가난을 어찌 단순히 가난하다고 말할 수 있으리. 그의 자
발적 가난은 이렇게나 넉넉한데.


3


소양에 온 지 삼 년

오늘은 꼭 책상에 앉아야지

하다가도 또 호미 들고 나섭니다

맨날 그럽니다

누구는 시집이 다섯 권째고

소설집을 내고

무슨 상을 받았다 자랑들 해쌓지만

나는 밭이 열 개 아닌가

꽃 키우며 수백 마리 벌, 나비와

저 앞산 끌어안고

살지 않는가 그러다가도

뭐 부럽기는 조금 합니다

뒤란 화단에 흙을 붓다

앞산을 보니

잎 떨군 가지마다

햇살 눈부십니다

저리 홀가분하게 사는 것도

괜찮을 듯합니다

—「맨날 그럽니다」 전문

형은 지금 이렇게 살고 있다. 세상에서 제일 부러운 삶의 풍경이다. "누구는 시집이 다섯 권째고/ 소설집을 내고/ 무슨 상을 받았다 자랑들 해쌓지만" 형은 "밭이 열 개"나 된다. "꽃 키우며 수백 마리 벌, 나비와/ 저 앞산 끌어안고/ 살"고 있다. 무엇이 부러우랴. 하지만 속내로는 문학 하는 자로서의 명예욕을 아주 내쳐버리지는 못한 모양이다. "뭐 부럽기는 조금 합니다"라고 고백한다. 귀엽게 솔직하다. 형답다. 순박하고 천진하고 맑은 데다가 일복이 깨처럼 쏟아지는 형. 농과 시가 한 몸으로 섞여 분리할 수 없는 '농시인'. 일이 그려놓은 얼굴 주름이 보살의 미소를 닮은 시인, 김용만. 나는 이 시집에서 세상에서 가장 선하고 넉넉한 시의 마을을 만난다. 근래 어디서도 느끼지 못한, 진솔한 시의 내면에 설레는 중이다. 오래도록 갈고 닦은 시의 여운이 짙다. 이로써 우리는 마침내 김용만의 첫 시집을 펼쳐 들게 되었다.

삶창시선